現代歌人シリーズ
23

としごのおやこ

いまはしあい

書肆侃侃房

としごのおやこ ＊ 目次

写真　石川美南
題字　ＣＯＣＯ
装幀・イラスト　花山周子

としごのおやこ

めだまやき

めだまやき
つぎつぎくうきにとびかっている
これをしあわせというのか
日々々々々《ひびびびび》

めだまやきをめだまのおもうままにさせ
初夏のレンガ道われはあるきぬ

きいろにもいろいろあって
今にもとろっとこぼれそうなほうのきいだよ

めだまやき　そのうちきえるときがくる
ただ、今は
あのきいろがすきなの

かなしみに焦点をあわせていたんだ
さがしはじめる
よろこびの語彙《ごい》

はねをぬいて

あたらしいわたしになれば
あたらしい文体になる
あたらしい日々

ものをすくなく
しんぷるにくらしたいとおもっても
せっせ　かっか
ふやしてく　にもつ

よろこんで。
夫わらえば
反射して
わたしがわらう　なにげない日々

たのしみは
ライフのポイントがたまって
ねぎやらとうふを買ってかえるとき

あかるいみらい
あかるいみらいに立っている
じめんをふんで　ぼくはあるきぬ

たのしいたのしい
けんかするほどのともだち
いち、　に、　さん、
ぜんぶ　おもいでになる

とけかけた
星のかたちのチョコレート
つかむ手が今、おなかにあるの。

ここちゃんと
親子スイミング教室に
いくのが今のいちばんのゆめ。

赤ちゃんはおなかの両方からうごきます
いることをわすれていいます。

わたしうむの。うむよ
はねをぬいて
せかいを

うまれたまちで　あかちゃんをうむの。

邂逅《かいこう》

この日から「産後」

この子ねことちがうか
ふとんにくるまる子
このこねこでも
この子
あいする

ぎらりと光るダイヤのような日　茨木のり子

あさ　きみのめと
ぼくのめとが
みじかい。けど
ひとつのたしかな邂逅《かいこう》をせり

きみのめは
えごまあぶらを　ひたひたとひたひたひたと
たらしたような質感

おでこにきすを
やっと　おめめをひらかれましたね
その　おめめ
なんか新種のくだもののよう

もうここにいないのにまだいるようで
おなかかばいおり　へやの中でも

ひざが
わたしの膝じゃないみたいに
すかすかする
生きかた　かえようとしなかった膝

あたらしい日々はじまりて
あたらしい膝になるはず
なるはず　きっと

希望とかしか

今日は　とりの赤ちゃんとおもう
ねこ、もも、とり
うまれたての子は　けもののようだ

デートっていうときの
明るいたのしい
かわいいひびきをすいこみ
今を

めりーずより
ぐーん
おむつに点つけて
もらったおむつを消費してゆく

オムライス放てよ空へ窓わくのしんとした角に頭ぶつかる　松本隆義

オムライス
空に放《はな》てば
この子は目をとじていても
気がついて
おー！と

ディズニーのメリーは　はまちゃんからのおさがり

ここちゃんのお友だちは
茸《たけ》の傘さして
つぎつぎあそびにくるよ

ここちゃんの髪の毛は
クリームブリュレや
カヌレのようなにおいがするよ

ここちゃんは全身で表現するから
すきにならずにいられないです

どんなに　そっとおいても　ふとんにおくと泣くので朝から晩までだっこして。

りんかくがとけて
さかいめわからなくなって
しばらくたって　また泣き

小鬼《こおに》のように顔あかくして泣きさけぶ
気の毒な夜のここガールです

ミルク瓶に気泡《きほう》のふえていくさまが
草間弥生《くさまやよい》のようだとおもう

全身からミルクのにおいをさせている
愛らしいぼくの
ぜんせかいさん

精いっぱい全身で生きているさまをみてると
浮かばない
希望とかしか

しばらくは座いすにもたれてだっこしたままねむった。

この子むねに抱いてねむると
りんかくがとけて
ふたたびひとつになりぬ

※ここ――こどものなまえ

秋から春

抱っこひものねじれ
なおされるコンビニで
おかあさんと声かけられて

ははという字が
わたしになっていることを
おかしい。といえる　よゆうもちたし。

うっすらで　すまない
ぜいにくかわいい。と
いえるような　よゆうもちたし。

まだ1才になる前。わたしの胸のまえ、抱っこひもから　かおを出して。

じっと
みずのゆくえと
傘の柄の動きをみている
雨が　めずらしいひと

ここちゃんは
前歯にとりにく　つまらせて
今日もおかしなとんかつガール

きゅうに　やっつ
としとった気のする春は
はなもうでにもいかないままに

アナウンサーがいくらフォローをしたところで
せんとくんはきもちがわるい

ねたすきに
シャーデーきけば
目や耳が
おんなのひとにもどれるような

ふろあがりの
やわらかくて　すなおな
ここの　つめをはさみで切ってやります

読むこと書くこと

短歌の本を歌集という。

ぼーっとしはじめたのと同じくらいやから、
ここ（むすめ）が おなかにいてた頃くらいから歌集を読んでいない。

ちょうどその頃、知り合いに歌集をお願いしてわざわざ送ってもらったのに
手にとったら、目に　字や、字の意味が全然入ってこなかった。

この感覚はなに。といっしゅんおもったけど、すぐ今は時期とちがうんやわ。と思った。

そして、本格的妊婦期に入り、どんどんもりもり太っていった。

20年くらい前のような気がするけれど、そんなにはたっていない。

そして今。本を読まなあかんと思った。

読むのと書くのは　ちがうことやけど、たぶん おなじことなんやと思う。

マザーグース[※1]じゃないけど
今、わたしは　こことこども番組と　ごはんの用意と
いつも身体のどっかにうっすらある疲労とでできている。

今、疲労、と書いたら、茨木のり子の詩[※2]を思いだした。

ここがねてる　ひるの時間は、家のことをしているうち　いつのまにかおわってしまう。

本屋に足を運ばなくなった。

自分のためだけに時間をつかいたいわけでは　もうない。

けれど、時間は。まず「ここといること」にざばざばと。

何杯もバケツでくんでしまえば　あとには　のこらない。

けど本を読もう。本を読もう。とにかく本を読もう。と思っているところにありがたい。送ってくださるかたがあった。

ここで一行目にもどります。

短歌の本を歌集という。

そしてぱっと思いだす。

わたしは、短歌をつくっていたようだ。ようです。

わたしは歌集を読むことにしました。

※1　男の子って何でできてるの?
※2　茨木のり子の詩「小さな娘が思ったこと」

9月某日
じてんしゃのまえに　ここ（むすめ、1才6ヶ
月）を乗せて　じてんしゃで緑地《りょくち》をいくときは
伏し目がちでいく。なぜか。
それは、そうしていると、みちの右にひだりに
わんと生えている木々の、
日を浴びてひかるみどりの　濃い、びりじあん
やら　きみどりやら。
ちょっとした高さ、低さ、葉のしゅるい、その
いっぽんいっぽんのいろいろ。
その、いろいろが、ぼくのうえのまつげのよう
な気がしてくるから。
緑地をいくとき　ぼくはマスカラをしている。
ファイバー？繊維《せんい》？は　いっさいつかわれてな
い、天然の、緑地のみどりたちが、
それこそ　そのいっぽんいっぽんが束になって、
生命力、めくらめっぽう　目のうえから前に
長く長くのびている。そして風がふく。
ばっさばっさ　ごうごうごうごう
ばっさばっさ　ごうごう
このまつげは、ほんとうに長い。まだまだ　し
ばらくはとぎれない。
ここと風をうけながら　このみちをいくのがす
きです。

9月某日
このところ、ここは　のり巻きのおにぎりばか
り食べている。
さいしょは、よく食べてうれしいことだ！
とよろこんでいたのだけど、
あまりにものり巻きばっかり、そればっかりで、

まえは食べとった、米（のりなし）や、ホット
ケーキだと　冷淡に首をふる。ひとめで何かが
あかんらしい。
この頃は炊き込みごはんにも、チキンライスに
も　のりを巻いていています。

9月17日　すいようび
ここが、じぶんで　じぶんのことを、はじめて
発音する。
こ、の音が　わたしたちの発音する「こ」で
はなくて、「か」だったり、「こう」だったり、
「くうお」だったり「かあ」だったりする。
かあこう　かか
あとから　なんかいもなんかいも発音している。
せいいっぱい発音しているので、すごいなあ。
すばらしいひとだなあ。とおもう。

わたしも　みならわないと。
夫が、すごいよ。ここちゃん。ほんとうに　い
いなまえだなあ。
といつものように、ときめきトゥナイトのかみ
やたまさぶろうのように言う。
ここは、ようこ。
けいたいをみたら、22時22分だった。

ぜんしんで今を生きているここちゃんを
今みてることが生きることだと

パタリロ

ここのねがお　パタリロみたいとおもいつつ
えいや！って立つ
ごみをほかしに

わたしから赤い血がながれてる日にも
ここはトイレについてくるなり

母乳パットみつけて
ここは歯でちぎり
なかみを出してあそんでおりぬ

ぱぱっ　ぱぱっ　ばかりいう子が
ぱぱっ　ぱぱっ　いえば
はーい。と
ぱぱになりすます

マカロンの柄のパンツを
あたまからかぶって
ここはかけだしている

おふとんから
ひからびて
これは　よくたべた！すごい！とほめた
きのうのおにぎり

こうこうと
じぶんのなまえをせいいっぱい発音して後　にこりとしたり

はないきをあらくして
うばい
かじりつく
ここはブーメランのように梨《なし》もつ

ここの髪
えびマヨネーズ味のあられのにおいする
あせで　くさくて　かわいい

10月某日

10月某日

ＮＨＫの子育て番組で、
こどもが半年間のり巻きしか食べません。と
そうだんするお母さんがいて、
うえにはうえがいるものだ！と注目していたら
専門家の先生が、
5才くらいまでは（のり巻きだけでも）だい
じょうぶ。というようなことを言っていたので
まあまあ安心した。

10月某日

毎日キューピーコーワゴールドを朝、ひと粒
飲みながら、なんとか。ようやっと毎日をやっ
ているのではあるけれど
どうにも。あかんわ。となって、
実家から　しゅっと　とってきた
『女の絶望』（伊藤比呂美著、光文社）の
現在該当しそうな　かしょ、「水無月　子ゆえ
のやみ」を読んでたら

「まず、あなた。疲れて、余裕がなくなって、
楽しいことなんか何もなくなってませんか？
まず化粧品をひとつ買い、服を買い、本を買
い（拙著『伊藤ふきげん製作所』がとくにおす
すめ）、そして、自分のために、花を買います。
自分をかまってやるんですよ。（以下つづく）」

のところで、これは！と　なって
知らんまに　えんぴつで線をひいて、うえの余
白にほしを書いていた。

10月某日
今日は（日記に「今日は」と書くのは　わかってることなのやから書いたらだめやのに、やっぱり書いてしまう。）
1才6ヶ月児検診、まずひとつめの歯医者さんにみてもらうやつで、
ここ　ぎゃあ。と
いっしゅんであかんくなって泣きさけび止まらず。手を　がっとおさえて。
なんとか歯医者さんのやつだけは終わったものの、次の内科のやつに行きたくても、
ここ様のご機嫌ちっともおさまらず。
どうですかー?とようすを見に人が来たら、
生きのいい　えびのようにそりかえり
とくいのポーズで泣きつづけます。ここ様。ここ様。
いつもの小児科で
ちゅうしゃ3本打つときだっても、あんまり泣かんと。
1本目と2本目の間に、ふぁあお。とあくびして、
ちゅうしゃ打ってくれるかんごしさんに、
この子よゆうやわ。ははは。と
以前には　わらいをとったこともある、ここ様であるのに。ここ様であるのに。
なんで?と思う。びっくりする。
いつも行くところのせんせいは白衣を着ていない。けど今日の歯医者さんは着とった。のと、
さっきねっころがった台のうえにはライトがぴかっとついていて、
あれは、そりゃあ大人でもこわいよな。と、おもう。
そして　ここの泣きさけび　いまだ止まらず。
により、結局。また今度。にしてもらって帰る

ことになりました。
もう、検診は　しやんでもいい。と
けものの勘でぴーんと来たのか、ここ様のかわりようには。
とことこと歩きだし、もう涙をいってきも流していない。
いやなことは　泣きさけぼうともぜったいしいひん。いちもくおくわ。と　おもうのやけど、
こうなってくると、やっぱり今日も　へーとへとなのだった。

よかった

あにゃ子・茶目。《ちゃめ》・純すいの純子
ここちゃんのセカンドネーム
ふえつづけていく

2本のゆびでもつね　のりまき
ちょっと、って
おとながジェスチャーするときのゆび

ともだちとあうことになって
やっと買う
染め粉をつかえないまま
日々は。

かおまわりできらきらひかるぎんいろをみつけるたびにすこしかなしい

おむつなんかい
かえてるかわからないけれど
おしりをみれるからしかたない

ここのおしりみるとき
いつもはじめてみるここのおしりのようにうれしい。

たたっとた　たとたと　たたん
みぎのへや
ひだりのへやへと
つまさき立ちで

あつい日はとくに
おふろには　はいってるけど
ここの首
ひるにはくさくて　くさいのも良し

春に帰って
夏のあいだは
今までのぜんぶの夏をおもいだしてた

こども産んだここちゃんもはやくみたいです
じゅんせつだ
どこにいくのだろうか

ここちゃんが
さっき発音をしたのが
四条七条《しじょうひちじょう》ああときこえる

すばらしくはれる日がくるとおもって
プール出したまま
もう10月です

あけがたに
かぜがつよくて　めがさめる
よこでかぞくが　ねてる

よかった。

11月某日

11月某日
「自分のために花」（10月某日参照）の「花」が、今の自分にはぴんと来なかったので
みどり（根っこのあるやつ）を買うことにした。
インターネットで注文。
思いきって、生協で球根のセットも注文。

11月某日
「まず化粧品をひとつ買い、」（同じく10月某日参照）も実行する。

久しぶりに、油と日焼け止め以外の顔にぬるものを買うことです。

ファウンデーション。

かがみのまえでファウンデーションを塗りつけているときに、こ、これって　今　ちょっと女の人なのでは?と自分が自分の動作をふりかえる感じで、テンションがあがる。

11月某日
注文していた　みどりが届く。
こんぽうを開いたとたん、ことばそのまま　生き生き！つやつや！したみどりがあらわれて、とても気分が良い。
みどりが入っていたダンボールが
気にいったここ（むすめ、1才7ヶ月）は、
トンネルがわりに何度もとおりぬけてあそびます。よに　ここ様の関はゆるさじ。
みどりにいやされる。

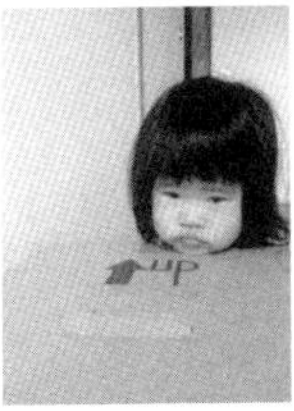

公園のうたなど

きょうは
とりをおいかけるひと
なんども木にぶつかりそうです
とりばかりみて

おいかけて
とととと　と　とりあるいてて
まえぶれもなく
とぶ
きゅうに　ぱっと

しぬまでのじかん永遠ではないとふいにきづいて　からだが重い

もちみたいにかわいいここ。
わたしいうけど
おもちのことはそんなに知らない

ここがいて
ここが未来で
それだけでそれでか　かんがえこまなくなった

できひんかったぴーす
めっちゃやする
すごいする
バッファロー吾郎のひとみたいにする

みずたまのシャツに
花柄のズボンはく
こどもってなんか　なんでもにあう

公園であう女の子のうた二首

おちばひろって
りょうてで　もって
「あげる」って
あか・き・かきいろ　花たばみたい

さりぎわに
「なまえおしえてあげる！」ってかけてきて
みみに手をそえて
そ　っ　と

３人でなかよく生きていけること
大きすぎる家はいらない。

もうたりひんことをかぞえるひまはない
このひとたちと生きていきます

それもこれも

明日ともだちに会うというのに着る服がない。

いやちがう。部屋ひとつ。へたしたら部屋ふたつをこれ全体衣紋掛《えもんか》け。のようにしてしまっているのは。はい。わたしです。

たんすにはセーター。セーターまたセーターが　わんとあるのに、
手にとると　どれもぴんと来ないのはなんで。

ずぼんも、ずぼん。ずぼん。とあるのに　どれもぴんと来ず。

思えば、おなかにここが来てから、おなかはふくれ。肥えて肥えて肥えて肥えていちばんさいごは
20キロも肥えて。

あのへんから何を着たらいいんかわからへんようになってしまったのやった。

結局じいちゃんにもらった男物のボーダーに夫のチノパンを週に2回のペースでくりかえしくりかえし着ているひとはだれ。それもわたし。

明日ともだちに会うというのに白髪を染めるエネルギーもない。

いつも眠い。ここと散歩かたがた神社にお祈りに行くときも眠くて眠くてこれはなんやの。と思いながら今日はついにキューピーコーワゴールドを夕方にも　ひと粒のんでしまったことだよ。

クリスマスのケーキをどうすんのか。おせちをどうすんのか。

スーパーに行くたび気になりながら、数の子くらいは生協で注文しておこうか。どうしようか。買ったものの冷ぞうこに入ったままになっている「みやここうじ」でジャムをつくりたい。というささやかな願い。などもありながら。トリビュート百人一首の原稿はいっこも終わらへんのに、もうじき11月は終わってしまうことだよ（えいたん）

わたくしで思いだしたうた

捨てられし金魚泳いでゐる川のあれはわたくし捨てしもわたくし　辰巳泰子

12月某日

12月某日
ともだちに会う。
わたしが　ここ様連れの為、
気づかって彼女がわたしたちの住んでる町まで来てくれて
お昼ごはんは子連れママに大助かりの「さと」ならば個室で座敷やから　だいぶん楽で良い。
のではあるが前はそこまで気をとられてなかった机に置いてある
こども用のミニミニがちゃがちゃ（？）らしきもの。に
ここ様今回は興味を示して、さいころか？という感じでころころころころ
たたみの上にころがす。の為、
とうなん（金や物をぬすまれること）防止のブザーが　ぴぃーっとなって　わたしは　ひぃっ。
とあせること数回。
さとやから多分和食の何かしらをたべたのだけど　あせっているので味は　よくわからない。
場所を変えて次の店では甘いものとお茶。ともだちはビール。
ソファの席でも1秒たりじっとすることはなく、
うごうごするここ様のために、
フランスの人らしきお給仕のひとがやって来て
ラムネいりますか？ここ様は興味しんしん。だけどちょっと警戒している。
そしてもらったラムネを食べ、ラムネをこぼしたりしながらコースターということばも、
これが何をするものなのかもわからないここ様はコースターを突如床に放りなげ、
そうしたらまたフランスの人やってきて
だいじょぶですか？事情をつたえるとコースター行方不明やのに　だいじょぶです。とえがお。

このフランスの人のおかげで
ここ様がご機嫌をそこねるまでの時間が、ぐん
と伸びたことです。
けど折角伸びたここ様のご機嫌もじきに
ぐずっぐずの雨もようになって
あわてて店を出る女3匹なのだった。

12月某日
ともだちが昨日
歩いてひと山越えて有馬温泉行ってきてん。と
いって、
有馬温泉のパックと有馬のゆ（入浴剤）をおみ
やげにくれたので
さっそく使ってみることにする。
有馬のゆにつかりながら
貼りつけたパックが　ひふに。ひんやりとつめ
たい。きもちいい。
肩のちからが　ふーっとぬけていく。
ああこれは自分をいたわる行為だよ。と
数年ぶりのパックに　いやされるのだった。

12月某日
今日の朝　何気なしに頬にさわったら
ひふが　ちがっていて　おどろくことです。
ひふが　やわらかくなっている。
パックすごい。有馬温泉すごい。
こうなったらパックしようかな。

12月某日
あまりにトリビュート百人一首の原稿が書けず、
わー。あー。となった為、

みかねた夫がここ（1才9ヶ月）を連れて出て
くれている日の昼に、
スーパーでみたらし団子買って　ひとり公園で
食べる。みたらし団子なんて好きでもなんでも
ないのにな。あまりに書けなくてくるしくて
てんしょんが変になってきて　つらすぎてか何
なのか
みたらし団子を買わずにはいられなかったよ。
さむくて人もいない公園で　もぐもぐ食べるみ
たらし団子。

みたらし団子は　たれがかかっていて
あまかった。

あけましておめでとう

　とつぜんふりはじめた雨
かさ、いりませんか。どうぞ
てわたされる
白い炎をうたっていたら

じてんしゃのまえに載せて
信号でとまるたびごと
つむじにキスを

　公園で
てんであいてにされてないのに
ずっとずっとあたまをさげる
ここに　ぼーろを。

たべおえると
いすとつくえのあいだから
すりぬけるさま
雑技団のよう

つかれてて
わすれていたよ
ここちゃんが
すごくおもしろい子だということ。

おおみそかと
ついたちのあいだには
やねがあるような気がしつつ　わたった

えみちゃんに
酢ごぼう・酢れんこん・肉まきを
ばあちゃんに
まめとごまめをもらう

今年は喪中だけれど
むりむだのまるでないとてもよいことば
あけましておめでとうございます。

筆圧《ひつあつ》のつよいひとのはがき見る
今までと　またちがうきもちで

がらすごしに
みせただけでぱっとよろこぶ
ここちゃんは、ゆき、すきですね
ゆ、き、

七草

せり、なずな、ごぎょう
はこべら、ほとけのざ、
すずなってかぶ！
すずしろってだいこん！

くうきやそこらにみえないけど
しあわせはあって
やさしいひとに　すこしなれそう

これが、うわさのいやいや期?

おきにいりの毛布
玄関にまでもって
そのままベビーカーに乗るって?!

ベビーカーの親子
JR大阪のエレベーターは
みつかりましたか。

ぐちゃぐちゃ

ここが残したのりまき
もったいないとぜんぶ
ぜんぶさらえて
わたしがいない

いつのまにか
ここの残りは
ママちゃんがたべていますね
ここのママちゃん

遥《はる》か女性誌

暮らしに。子が、ウインナーのケチャップが、ぐちゃっとからんで

女性誌の表紙のことばが
解《わか》れない
ちがうねん日々は
もっと　ぐちゃぐちゃ

こぼれる

おひなさま　ゆびさして
「まま」
おとなりのおだいりさまをゆびさして
「ここ」と

ジーパンのおりまげたすそに
（おすなばのすながはいっていたの）

こぼれる

トイレトレーニング用パンツ売り場に（まよいこんで）くらくらとする

こぼれても
こぼしても
わすれてもあった
わたしの詩情

ひとます休み

そんな一日

からだごと
ATMに向いているあいだに
ここが雑踏（スーパー）に逃亡

この家を広いとしみじみ思えるのは
あのURに住んでいたから

水戸黄門のおんがく流れる日があって
ひさしぶり　きょうは　そんな一日

あなたたちいいひんかったら
さびしくて
さびしいことにも気づかないまま

あなたたちいいひんかったら
どんなふうに吹かれてたでしょう
12月の凪

人生の視える場所※はどこにもないが
わらっていたい
わらっていたい

あしたのあさ
朝っぱらから
つめにいろ。ぬりたいような気分の夜だ

なにいろのつめにしようか
かんがえて
12月のよる　すぎていくなり

ここちいいほうの緊張感もった旅先のように終える一日目

※岡井隆の歌集のタイトル

じてんしゃ

じいちゃんが
ここーと家によびにくる
めんめのはしっこに　しわを生やして
じいちゃんとここちゃんとママ
さんにんでたこあげに行く
どようびの午後

じてんしゃをこいでいるんだな
このまちで
それが全然いやじゃないんだ

工場《こうば》のドアあけるまえに
ここちゃんが
ドアによびかける
おじいちゃゃああん

工場のドアをあけると
じいちゃんばあちゃんがいて
そうだった　わたしの場所は

工場のドアあけると
父と母がいて
そうだった
まだちいさいわたし

じいちゃんとばあちゃん
生きててよかったね
ここちゃんいのちの
じいちゃんばあちゃん

校区外にあこがれるこどもだった。

「校区外きんしー」そこの信号をわたっただけでおこられてしまう、けど、信号をわたったら一体どんな世界があるんやろう。という想像は止まらず、近所の子と校区外に行って、当時(35年くらいまえ)は、なんでか大阪にも牛がおったりして。でも、それからあの辺で牛を一度も見てないから、あの牛は想像で作りあげた牛か。と思ったりもするけど、おったよね、牛。それはそれとして早く中学校に、高校に、大学に、いつも知らないところに行きたかった。でも高校時分、8割がたが進む地元の高校に行った友だちと道でぱっと会うと、こちらのまじめすぎる制服に対して、みなさんは口元に色などほどこし、スカートの短さに校風の自由さなど一目で感じ、わたしは知らず知らずのうち嫌な顔をしているらしく、後日、こないだ嫌そうやったなー。と笑って言われたりした。そして、若い娘時分「ひきこうもり」(妖怪)まではいかないにしても、まあまあ閉じていた時期に、近所を歩けばベビーカーを押す、子乗せ自転車でがんがん行く、それらママたちにくらべて圧倒的に役がないとがっくり落ちこむ。それが長いことわたしと地元との距離感だった。

ところが、校区外、校区外の後、今は地元で暮らしている。少しごみごみしてるけど、自転車ですいすい行く時の安心感の量たるや束。

もうすぐ3才のここ(娘・写真)を後ろに乗せて、わたしたちは今日も自転車でのんのん行くのだった。

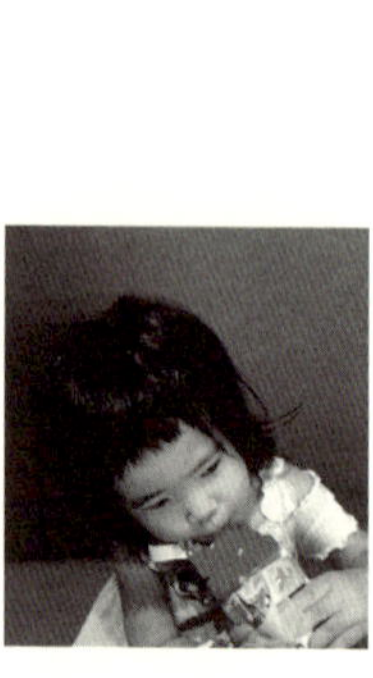

これやこの行くも帰るも別れては知るも知らぬも逢坂の関　蟬丸

人生の視える場所はない
どこにもない
そうなんか　そうか
大阪にいる。

ここ（3才）をじてんしゃのうしろに乗せ、のんのん行ってたら、急に大粒の雨。

ふりかえると
ここ　うえむいて
「あー」の口して
ふってくる雨を飲んでる

かおをあらう

明日から　じてんしゃで送りむかえです
言うひとの顔
はればれとして

ドアばたんとしめてから
かおをざばざばとあらって
したたってもも
でも　あらって

ちがう道を行くひとたちが　とおるたび
わたしはざばざば　かおをあらって

まえは　もっと　ずっとへいきでたんたんと聞いてた
そっちの道に行けば
ここのしあわせがふえますか？って
こころこぼれて

グミある？と子が聞き　あるよ。って答える
いつものかえりみちの風景

うれしいのは
ももがすきな子にももをむき
おいしいと言って
たべるの　みること

うれしいのは
ももがすきな子にももをむき
いらん。と言われ
わたしがたべる

トイレトレーニング

補助べんざにすわって
ややあり　音がする
とつぜんとおくを見る目になって

良くいうと
みどりがほうふ
わるくいうと
蜂が巣をつくりすぎる家だよ

りるりると
夜はなにかが鳴いていて
かえるのＣＤかけなくて　いい

わたしの一日

一階に　おりたら
少しコーヒーの　のこったカップ
きみのぬけがら

食洗《しょくせん》に
ぬけがら入れて
食洗をしめたら
きみは夜まで帰らず

はなす声が聞こえないくらい
せみがなく道
手をひいて
バスの場所まで

ぶどういろのお花ここちゃんすきー
今日は朝からかわいいことを

子を送り
子をむかえに行く朝夕の
10分や　そこらで焦げていく肌

見送って
玄関のわきの花をみて
ドアをぱたんとしめて息つく

ティーポットに
カレンデュラの花びらを
ひとつかみ
そのへんに　こ　ぼ　れ　る

うまくいかなかったとき
ミルクコーヒーのうたを　つくった
前の結婚

おむかえで
なんやかんやの間食がへって
へったのが
またもどってきた
がーん（ムンク）

一足のビルケンで
ことたりる日々を
よろこんでよろこんでのち　さびしむ

ぱっと明るく　ぱあっと顔があたたかくなる色をぬってもらう　くちびる

健康にうつるオレンジを好んで
なんというか　わたしは主婦です。

はたらいて　あせかいて
はたらいて
まっすぐかえってくる
あなたにはカレーを

ようちえん
なつやすみになってから
レディグレイ
のんでも
のんだ気がせず

にじゅういちがつ

今週はみかん狩り。

お弁当のリクエストは
「えびふらいとーすぱげってぃーと　おにぎりとみかん」
ポリープの話をきいて、そこからさき　心ぞうの音がしない。え、なにそれ
そんなこと、わたしはにんぷけんしんにきてるんとちゃうの　そんなこと、そんなこと、

もうにんぷけんしんの券はつかえないという
おなかにはまだいてるのに

受付できょうはたくさんつかうかもしれないと言われ
ぜんぶ書いたのに

66分の1の説明ききます
1ちゃう
ははと　こ　ふたりいること

ぐちゃぐちゃに泣いてしまってそんなはなみずをかくすために　マスクは

看護師さんは親切で、ここは良い病院だとわかる。
おちつくまでいたらいいから。と
どんなかおしていたか
あき部屋ですわってる

明日はみかん狩り。
あした子のべんとうつくるっていうもくてきのためだけに寄るスーパー「ライフ」

「ママ、みかんは　ひねったら　とれるのよ」って
バス降りるなり　おしえてくれる

ニュース。こどもに暴力をふるって死なせてしまった男と女がうつる。しんどい
生まれてくるだけで
そだてて産むだけですごいことやのに　わすれてしもたんか

幼児がえり　はなはだしいここ。
おなかのときちゃんに　やきもちをやいているのだろうか。
べビーべッドに自力であがり。ねそべって
自分でメリーを鳴らしているよ

いつもよりずっとここちゃん、天才とちがうか。
さすがお姉ちゃん。ほめちぎったり

赤ちゃんにおもちゃあげる。とわらって
ここ姉ちゃんのたんじょうですよ。

おしっこを拭くとき
行かなかったら　よぶ
ここは　よぶ
泣いてわめいてでも　よぶ

ここのおしりを拭くとき　わたしはしゃがむ。
「おねえちゃん　ちゃんと拭けてるか　ときちゃんに見えてるよ。」
とつぜん　ふく
じぶんで

ときちゃんは、ママのおなかの中でおなかに、そのまんま　おしっこしてるねんで。

「とーきーちゃーん！
ママのおなかに
おしっこをしたらだめよー！」
とつじょ　さけぶ　ここ

わからない
慎重に　しずかに
重い荷もつひとつ持たずにすごしていたのに

ときちゃんさあ
はやく出ておいでよー
ママは　つわりではきそうなんだよ
なんとよわい子なのか　ちゃうか
ときちゃんにここちよくなかった。わたしのおなか

「にじゅういちがつに　ときちゃんうまれるの？」

行きたいね。

にじゅういちがつに

みんなで

ときちゃーん　ときちゃん　ときちゃーんって
ゆぶねのなかで
ときちゃんは　しんだまま　わたしのおなかにいる
しんでもしんだままで　いきてる
ママ　きょうは　ながいゆめをみてるみたいよ
それやのに　このからだじゅうのおもさよ

目をつぶったらきえてなくなりそうな気がしました
そして　いつのまにか朝。

きょうはみかん狩り

わたし　きょうから
なにしたらいいかわからない
電磁波《でんじは》から
まだおなか守ってる

なんでわたしのときちゃんはいない
わたしまだはきそうでつわりあるのに　いない

その靴下さむいよといえば
2枚はくよ。って
わらってこたえるひとよ

仕事って　考えなくてすんでいいねといえば
いっしゅんで思いやる目のひと

エビフライをやっていて見送りそこねて
あわててドア開け　見やれば　見ている

きみとここと
ときちゃんとわたしはかぞくだ
わかるよ　なにもいわなくっても

みかん狩りに
みかん持っていくここちゃんのみかんにあんぱんまんの絵を書く

待合いでただすわっていることが憂し
とおりすぎるひとは妊婦だ

とまった息がまたもどることは？聞いたら
もういちどみますか？
言ってくれた

息はありませんね
そこにからだはうつってるけど

せんせいは　まだ出血はみえない。と
水まぜたような
うすいももいろの
いちどだけ
あれは　なみだか　ときの。

びょういんからかえりみち

冬の陽を背中にうけて　すすんでる
こわいばっかり　こわいばっかり

ふあんばっかりで
こわいばっかりで
耳あて　どこかに　わすれてくるし

ばあちゃんは
すこしびょうびょう泣いてから
くだものと餅をどっさりくれる

よる

こどもつくるのにおなじことをして
あした手術のわたし
スマホみてる夫

気分転かんに
ようさんあめもって
これから手術に行ってきますよ

まだやっぱり
ぜんぜんいないい気しないいんだよ
おなかにいるんだよ
手術の日のあさ

手術のへやにいくとき

そんないってらっしゃいをきいたことがない
やさしいやさしいやさしいひとです

やさしさよりねうちのあるものは　ない

このばしょでもういっかい
こんどはうみたい
こんどもわたしは　ときちゃんをうみたい

ときちゃんさあ
今ならはいしゃだって行けそうだ
ちゅうしゃこわくないのはじめてだよ

麻酔3首

おもてからこどもらの
「ときとくん　あそぼー」のこえがして
こえ
うかんで　きえる

ここがいてきみもどこかにいるんだ
多幸感で目をずっととじてたい

これからいいことがここと　あなたとわたしに　いっぱいある気がするんだ

ときちゃんをいちどもみずに
ドアしめる
ときちゃんどんなかたちでしたか。

ときちゃんどんなかたちでしたか。

ときちゃんはとんでいった。と　ここが言い
両頬つねり
そうか、とおもう

本日発送されたって
ふくれるはずだったおなかをつつむズボンが
友だちから伊吹《いぶき》の大根すりおろしたドレッシングが届く　食べろと。

伊吹と聞けば
「りょうしゃさん」こわいかおして
スキーしてる映像がうかぶ（オリジナル）

高島郡は
おちむしゃになった橋本さん
だからたのしい
滋賀の地名は

「ママ、　ときちゃん
おなかにいてないんやろー！」と
すいりをといた　たんていのように

ときちゃんは　どこにいったんや？
かいものに行ったんちがうか。

とここ言う

しばらくは目にうつるもの
やさしいものだけをえらびつづけてすごす
「おなかのなかで生きるのを　せいいっぱい　がんばってきたんやろうね」
クッキーの缶かん
ぞうさんかばんに入ってて
目にみえるやさしさ

こないだ、じいちゃんからソファを買ってもらったのは、わたしがにんぷになったから。
何にせよリビングにトランポリン以外の大きな家具がやってきたのはうれしい。

「ここちゃんも　いれて」と
わたしたちのあいだに
すべこんでくる天使おどけて

ここのうごきのひとつひとつが
全身にぬる上等のくすりのようだ

この日はいろんなひとから電子メールがとどく。そんな日が年に2回くらいある。

わたしたちは
天から何かからめぐまれ
まもられている
静かな夜です

たんたんと
あわあわふわふわ
ぶわぶわと
あさ　ひる　よる　がすぎていきます
　　フランクシナトラのほう
マイウェイを日がな　ながしてすわってる
2《に》、0《ぜろ》、1《いち》、6《ろく》、
冬のリビング

にじはんにめがさめて
ときちゃんのうたをおかあさんはつくっているよ

やってきてたったふたつきで
はるのかぜみたいに
ふわり　いなくなった子

だいじょうぶ。なんてことばですますことはできひん

一日中ソファで横になって。
ああここからすこしはなれて
とおいばしょにいきたいけれど
からだも動かず

ひどく長く感じられるのは時間で
7日目から入浴ができると

ずっとスマホみているひととは暮らせない。
ときちゃん帰ってくるようにできない。

あたりまえだった
こわいばっかりで
めちゃくちゃでわけがわからないばっかりで
からだのなかにぼういれたっていうのだから
ふあんていであたりまえだった。

わたしからときちゃんいなくなるんだから
ないていてあたりまえだったんだ

ひのひかり
めにあたって　めにはいって
なおそうとしてくれてます

ときちゃんが
わたしにくれたものをちゃんと
みみをすませて
うけとることとする

うえのほうから

いまはゆっくりすごしてほしいけど
ずっとかなしんでんのはいややや。と
ときちゃん

もうすこし
もっと　いっしょうけんめいに生きるからね
生きるからね

ときちゃーん
おかあさん　いっしょうけんめい
生きるから
だから　またやってきてね。
会おうね。

ここを連れて映画に行ってくれる。
3月に花咲くという球根を植えれば
すこしおちつくこころ

歯医者

レントゲンをとるときに
いいかを聞かれて
おもう
おなかにいたときちゃんを

ママのバラの服のうしろにへびがいた
最近ゆめみのわるいここは
国道のわきのくぼみに雨水がたまって
たゆたいひかっています

母子手帳もらってきてくださいといわれたあと天ぷらうどんを食べた。

母子手帳つかえなくなった日にひとり
じっとクレープ食べていたんだ

「にじゅういちがつに　ときちゃんうまれるの？」

行きたいね。

にじゅういちがつに

かぞくで

一日一首つくっていた頃のうた　1

2月

「きのこのうえの
さんかくがかけない！」
じぶんにいらだって　ないて
1じかんよ　もう

2月15日

てぶくろをわすれた！と
あわてるわたしに
まあ　そんなこともあるわ
と子が言う

2月16日　ときおさん

ぬばたまの平成19年保護司手帳
息をする　ぼくのひとみのなかで

2月17日

しろいかおして
ふくふくと
ねむりおり
うちの冬やさい（3才）

2月18日

ほかのえほんも　よもうよと言ってもいやだと。
「ひゅるりんのうんどうかい」だけを
よみだして
もう6ヶ月になろうとしている

おこりんぼたまご
ふわふわソーセージ
めんたまおにぎり
からまるからあげ

2月20日

ほんもののてんしにみえたり
にんげんにまたもどったり
歯科助手のひとら

はいしゃにいくと
いつも3日おちこんでしまう
もったいない
その3日が。

そんなんいちいちかんがえない
ふつうのひとは
だからまあ子はすごいひとだと。

※まあ子は　あだ名

2月21日　うれぃある曲ひくパパのかたわらで

きゅうり一本かじりおり子は
ギターケースのまんなかに
ちょんとすわって

はやばやにギターぅばぅここちゃん

みんなーだいすきなことあるかーい！
言ってからギター　じゃーんとならす。

ひらがなの「こ」は
「い」とおなじで
「S」は「の」のことだそうです
ここにかかると

ねこごっこでしんでといわれ
つっぷして
ほんとうに
ほんとうにすなおなここ

こどもはようちえんからテレビから、どこからでもことばをおぼえていく
死ぬるまできれいなものしかみえないで
しんじゅこぼして
すごすのならね

死ぬ、こと。も
食べ。くらいにしか
解れない
まだ生まれるしか知らない子らよ

さっちゃんからもらったおてがみを
ひらくと
「わら　ここちゃん」とかいてある
すごい！

プール二首。かのじょは肩《けん》こう骨がすきで

うしろ手で
器用に肩こう骨にふれ
体そうがはじまるのを
じっとまつ

「5678」
かけごえはほとんどさけびやね
まだ　ぼちぼちを知らん子

ここちゃんは人見知らない
人見知るわたしとちがう
ひかりさす道

「ここちゃんはおとめやね」言われ
「おとめはなあ　めがねのことや」と
バスまでのみち

知ると　べつのものとむすびつきたわむとき
糸のようなあめになる脳

そんざいがラメっていたよと
ともだちが
ほめてくれる
とおい日のことを

しぶしぶだったけれど「レミとシド」
あたらしいおはなしをよみはじめれば
龍のこと
じっとじっと
みている

あと2かい
うわばきあらえば
たんじょうびになるよ！
なきさけぶここにむかって。

うわぐつを
おもてにほしとったら
「2かい
うわぐつあらうんですかー？」

うれしそう

あとにかい
うわぐつあらったら
ここちゃんたんじょうびーって
言って立ちあがる

じてんしゃで
みちとおっても
とおっても
もう家を買わなくてもいいこと

家がもうあって
ひっこしもいえさがしも
おわりです
家は　ひとつで良いこと

ひゅるりんのうんどうかいが
レミとシドにかわる頃
あかいいろがながれる

歯医者

なじむまで
約半年かかったことと
不器用にうたつくっていること

ぼんやりといすにすわって
はく　ねいき
しんどそうなんを
ただきながら

3月15日

ほしぐみのはかせにちょっとおこられたゆめみたんや。と起きて言うなり

ほんでママとおばあちゃんもおったんや。
夢のつづきをぽくぽく話す

あのなあ
あのなあが口ぐせで
最近は　おしゃべりすることがすきなようです

ここの熱を
きすですいとり
おかあさんにうつりましたか
ふたりでねむる

夫いない
この家はこの家じゃなく
さびしいさびしい
ふたりでねむる

一階でさんざん泣いた子
二階でもパパのまくらをみて
また泣く子

ごうごうとうるさいいびきに
山もりのあんしんを
もらっていたんだよね

うまくねむれないまま朝になっていて
いびきもないけど
あんしんもない

ひふに何かぬらなくちゃとおもえたら
かぜなんて　もう
あなたどこかいきなさいよ

ぼうさいぶくろ
よういしないと
断捨離をしたい
うごけないときにかぎって

ようやっと水やりに出れば
知らんまに
チューリップは
葉をいきいきふやして

2017年1月から「主婦と兼業」という活動をはじめる。

次に会うとき
会えるときは
つくづくと
志のはなしをしよう

もう春になっていた

かぜをひいて休んでいるうちに　もう春になっていた。桜が咲いている。娘（4才）も
わーさくらー♡とさいしょは高音で言っていたけれど　もうなれてしまったのか　ほら。ほら。咲
いてるよ。と　いちいち言うわたしがわずらわしくなってきたのか、知ってる。と言ったきり　き
のうぐらいからは　もうお返事もありません。
幼稚園に娘を預け　じてんしゃに乗っていたら、馬場さんの
　さくらばな　いくはるかけておいゆかん　みに　すいりゅうのおとひびくなり
があたまのなかにやってきて。
このうたは女らしい。あたまにやってきてくれたことには　なーいす。と思ったけれど　わたしの
身体に問うてみたなら
みにすいりゅうのおとひびくなりって感じ　わたしの身体からはぜんぜんしいひん。この作中主体
はみずみずし。病みあがりの身はさっぱり水がたりてへんのかしらん。みずみずし。から　どれく
らい遠いのかなあ今日の身体。
そして　いくはるかけておいゆかん。の（老い）が、いちばんさいしょは　やたらめったら身にな

じまへんかったのが、身体のはしっこくらいには身近くなっていることに今、気がつく。これからだんだんに身近く。じわじわっとこころのまんなかにやってくるであろうことば。こころ。まっくろくろすけ出ておいでよー。

そんなことを思いながら、そして家々のほうに向かう頃には、車にひかれないように。ひかれないように。と右。ひだり右。さあ。よし行こう。と　もう別のことを思っている。じてんしゃに乗っているときのぼーっとして　ぴゃっぴゃっと　うつりかわる思考たち。♫さーよーなーらーさよならー　さーよなーらー　きょうの日ーと　のんのんのんのん帰ってゆくみち。

引用歌　さくら花幾春かけて老いゆかん身に水流の音ひびくなり　馬場あき子『桜花伝承』

としごのおやこ

ここちゃんから
ママにきた風邪パパに行き
パパから　こことママに　またうつり

キュアホイップ・ヘアバンド・りぼん・よーしーてー
ねごとかわいい高熱なれど

しろたえのトイレトレーニング
終わってて
終わったこともわすれてること

ばあちゃんが
「おかあさんは何才?」と　きけば
子はいう
「ママは5才」と

このたびはぬさもとりあへず手向山《たむけやま》紅葉の錦神のまにまに　菅家

ささげもの
ささげるように
プラカードもつように
かさを　りょうてで　さすここ

去年の運動会はプラカードを持つ役で。誇らしそうだった。

プラカードみたいに
かさを　もちなさんな。いうけど
もってもいいね
ほんとうは

ママ5才
ここは4才
おかしいね。
かささして行く
としごのおやこ

春すぎて夏来にけらし白妙の衣ほすてふ天の香具山　持統天皇

知らんまに
夏なんやねえ
ベランダで
ここの白いシャツ
はためいている

一日一首つくっていた頃のうた　2

よんさいになったここちゃん
ばらちゃんから
さくらさんになったここちゃん

「4月からピンクの帽子のここちゃんです！」
おかあさんはさみしいのです。

きょうのここが
さいこうですよ
ことばではかきとめることは
不可能ですよ

正直、赤ちゃんの頃、かわいかったのか。わたしは眠れないよれよれぼろぼろの自分の身体をただ休ませたかった。

いつのまに
かわいくなっていて
おどろく
あんなに眠りをさまたげた子が

長そでの制服ブラウス
はためいてとりいれるとき
おじぎをしました

河川敷《かせんじき》二首

傍らにさいている花
なんかへんな花で
うんち花
ここは名付ける

原っぱに
ぶあつい石が2、3あり
いつごろからか
ステーキという

あーあの花
ゆきみたいっていうここは
万葉集と
ちょくつうみたい。

背中じゅういたい日の
洗たくものは
のろのろと干す
レッグウォーマー

「ひらぱかマーク」言うここに
ひらかたパークを
おしえれば
三度で言えり
かなしい。

ベランダのいたるところの
くもの巣に
スプレーばんばんかける日曜

あれはまああ
はたらきものやからなあと
夫のんびり
くものことを言う

駅前のスーパーで
立っていられなくなってしまって
つくなんでいる

そういえば
かえりみちの天満橋で
おなじことあり
すわって休む

そして

若い娘時分「ひきこうもり（妖怪）」まではいかないにしても、まあまあ閉じていた時期に、近所を歩けばベビーカーを押す、子乗せ自転車でがんがん行く、それらママたちにくらべて圧倒的に役がないとがっくり落ちこむ。それが長いことわたしと地元との距離感だった。（角川『短歌』２０１６年５月号『てのひらの街』）

子を持つ気も
持てる気も
全然しないこころで
あのころ
いばしょ　なかった。

女子に男子ほど「ひきこもり」の数が多くないのは、「女らしさ」と「ひきこもり」の区別が曖昧だからです。〔中略〕専業主婦は「合的ひきこもり」かもしれません。（『オンナらしさ入門（笑）』 小倉千加子）
正直わたしは　たすかっている。

生協の個配の発泡スチロールを
家の中に引き入れたら
ひとり

40才。

できひんことをできるようになろうとか
ちっともおもわないです　今は

酢のものの酢を　すっす　すっす飲み干しておもしろいなあ　年をとるって

0、5、10、
15、20、25才
30、35、
40はじまる

くれなずむ東海道の平塚の痴呆の部屋のなんという薔薇　岡田幸生

女らしいと
わたしがここに言うときの
女らしいの
なんという薔薇

箴言《しんげん》がすき。たとえば、人生は**40**からはじまる。

男として女として否ひととして
ぼくは人として箴言を信じる。

僕らの世界は、言葉でつながっています。僕は上手く話せませんが、いつも人の話は聞こえています。まるで言葉の海を泳ぐ魚のように、僕のまわりには、いろんな音の波が押し寄せて来ます。言葉の海の中で、僕はユラユラ泳いだり、チャプチャプはねたりしながら、居心地のいい場所を探しているのです。居場所が見つかったら、次にやることは、棲家《すみか》をつくることです。棲家は、整理整頓されて美しくなければいけません。そういう棲家をつくることが、僕の「詩の世界」です。言葉の海は、果てしなく広いのです。この海の中で、自分の居場所を探しながら、僕は生きていきたいのです。(『みんなの知らない海の音』東田直樹)

おんなのひとであることにつかれました。って
いしょかいて
気分転かんしていた。

田辺聖子さん。すばらしい。源氏物語のＣＤにて。

この時代　ばかじゃ女しょうばいはやってられないんですよ。とわらう。

ほんとうにかしこいひとは、こう返すんだとわかった。
それまでは、〈〝女人禁制〟って面白い、たのしいタブーね。協会は頑固なところがいいわ〉などと興じていればいいんじゃないですか。女性府知事サンも、〈ワタクシを女性とみとめて頂けるわけですね。こんな仕事をやっておりますと、男も女もない世界ですから、女性意識は取り落してますけど、お相撲の世界では〝女〟とみとめて下さるんですね、うれしいこと〉なんておっしゃって、賞金を手渡しする役は、快く、男性の副知事サンに譲られる……のも、〝世の中の花やぎ〟ではあるまいか。──というのが私の〝かんそう〟である。（『あめんぼに夕立　老楽抄Ⅱ』田辺聖子）
あ、思いだした。若紫に白痴願望があったっていう話（僕はかぐや姫）読んだとき、まあまあうれしかったのだけど、あれは　いったい　なんやったんやろう。

ポップコーンとまだいえないここは
トランポリンじゅうに
ちらばるペットボトルのふた
はずませて　さけぶ
「ポックポーン！」

小学校　野蛮。
中学　笑いに逃げ。
女子校は規則だらけ
「ポックポーン！」

点数をつける
男の学生は
ひとりのこらず
むかでになあれ。

うまれてからべんきょ、う。をしてこなかって、かしこくなりたい。40才です

夫、今回の原稿のことを話したら、うーん。それってなんか偏《かたよ》るんちがう？って。あのね。たとえば女流歌人ってなに。女流って、なんの流れなの。おしえて。川なの。支流なの。おしえてくださーい。

おはようと言って、そこにいないかのようにされるのを無視というのだった。何でだろう教室を思いだす。
あいさつをしない子どもらいて
あきらめそうなり
男の子だ仕方なしと

佐々木さんとパン屋のことを思いだします。
ああ、いつまでのぞきこんでくるんだよ。
いらいらする
ブロック今、たおれろ。
自分だけのものさしをもちたい。ものさしについて。自分だけのものさしをもつ。

フェミニズムというものさしが都合いいときは、それではかる。けど、違うものさしのほうが都合いいときは、さささっと持ち替える。女性は、気が変わりやすい。って言われてるらしいからね。

高校はカトリック（彼女はカトリックが何かは知らないけれど）。朝と帰りにお祈りと歌。男女交際禁止。いちど当時のボーイフレンドの期限の切れた定期券を所持（笑）していた彼女は、グリーンルームに連れて行かれ、「この定期の入手経路（!）を紙に書きなさい」と国語の教師に言われる。なんて言葉。彼女は　中学のとき同じ塾だった生徒とぐうぜん会った時に憧れていたので　もらった。といった。ぽろぽろぽろぽろと涙をながして。グリーンルームにはお習字で「真実」と書かれた額が飾られていた。何て場所だろう。わたしはこのできごとから、この学校がきらいになった。

それから、**20**年以上たった今でもおぼえているのは当時の校長のシスター（もちろん女）が、講堂で話した、姉妹校の生徒の話だ。その生徒は、とても悲しいことに強姦にあう、そのさなか、舌を噛んで亡くなった。というものだった。シスターは、その生徒のことを　ほめた。その話は、彼女の頭の中に残り　折々に特に何ということのない、ぼんやり窓の外を見たりしているとき、思いだされる。高校生で死んでしまうということ。まだ何もはじまってないのに。カトリックを心から信じているわけではないけれど舌を噛んで死ぬことが、えらいんやったら　なんか　かなしい。生徒は生きたらあかんかったんやろうか。確かにそんなことがあったら死にたくなるやろう。気持ち悪すぎるやろう。一瞬たり、受け入れたくないことやろう。けど。どうしてシスターは、そんなかなしいことをほめるんやろう。死んでしまった生徒の気持ちが　なんでわかるんやろう。もうこころも、からだも、止まってしまってるのに。違和感を言語化できひん。けど自分の違和感を尊重することはできる。ロッジに向かう車の中、わたしは想像する　噛みちぎった舌の太さを。想像する。想像する。苦しい。

かわいいといわれて
うれしいときと
かなしいときがあるんだ

わかる?

32才頃　離婚直後二首

男のひとを女のひとみたいにしてもて
いったい何がしたかったんやろ

空が見えるようになったんだ。

いきてたらいいことがいっぱいあるって
むかしのわたしにいうてやりたい

怖がらないで　やりたいことをやったら　あなたの抑制を解いてみたら　決して　卑屈になったり　後悔したりしないで　謝ったり　苦しんだりしないで　だって　あなたは　これまで　ずっと　そんなことばかりしてきたのだから！（『歳をとるほど大胆になるわ』アストラ　岡田宏子訳）

かしこくなりたい　といえば
かしこなって。やしなって。と
夫　笑えり

女ありけり
何かから解き放たれて
息をはきだす
40で　やっと

初出一覧

めだまやき　「未來」
はねをぬいて　「未來」に加筆＋『いまドキ語訳越中万葉』（北日本新聞社）
邂逅　かきおろし
希望とかしか　かきおろし
秋から春　「未來」に加筆

読むこと書くこと　「ここと　うたと　ことばのれんしゅう」（マイナビ）を改作
9月某日　「ここと　うたと　ことばのれんしゅう」（マイナビ）を改作
パタリロ　「ここと　うたと　ことばのれんしゅう」（マイナビ）を改作
10月某日　「ここと　うたと　ことばのれんしゅう」（マイナビ）を改作
よかった。　「ここと　うたと　ことばのれんしゅう」（マイナビ）を改作
11月某日　「ここと　うたと　ことばのれんしゅう」（マイナビ）を改作
公園のうたなど　「ここと　うたと　ことばのれんしゅう」（マイナビ）を改作
それもこれも　「ここと　うたと　ことばのれんしゅう」（マイナビ）を改作

12月某日　「ここと　うたと　ことばのれんしゅう」（マイナビ）を改作
あけましておめでとう　「ここと　うたと　ことばのれんしゅう」（マイナビ）を改題・改作
ぐちゃぐちゃ　かきおろし
こぼれる　「未來」に加筆
そんな1日　かきおろし
じてんしゃ　かきおろし＋「短歌」（角川）２０１６年5月号
かおをあらう　かきおろし
わたしの一日　「ほんのひとさじ」vol.3（書肆侃侃房）に加筆
にじゅういちがつ　「未來」に加筆
1日1首つくっていたころのうた　1　かきおろし
もう春になっていた　短歌ブログ「主婦と兼業」
としごのおやこ　「弦40号」
1日1首つくっていたころのうた　2　かきおろし
そして　「川上未映子責任編集　早稲田文学増刊女性号」（筑摩書房）

あとがき

「としごのおやこ」は　わたしの第三歌集です。
こどもがおなかにやってきた36才くらいから現在までのことをまとめました。
歌集のタイトルは
　ママ5才
　ここは4才
　おかしいね。
　かささして行く
　としごのおやこ
からとりました。このうたをつくった頃は、ほんとうにわたしのことを5才と思っていたようですが、今は　もう言ってくれません。
毎日こどもとしゃべったり、おこったり、おこられたり、じてんしゃに乗ったり、スイミングに行ったり、ごはんをたべたりしていますが、
もうすぐ本になる　この原稿をぼんやりみていたら　ああ自分にこどもがいるなんてなあと　あらためてゆめのように思っています。

今回、歌集をつくるにあたり、書肆侃侃房の田島安江さん、黒木留実さんには大変お世話になりました。また、岡井隆先生をはじめとする未来短歌会の先輩や仲間たち。写真を撮ってくださった石川美南さん。美南ちゃんの写真を元に表紙の絵を描いてくださった花山周子さん。そして家族。たくさんの人のおかげで本のかたちにすることができました。ほんとうにありがとうございます。

滋賀で暮らしていたときのもの。東京で暮らしていたときのもの。
発表していない歌の束がまだまだあるので、
ふたたび「ゆっくりいそいで」かたちにしていけたらと思っています。

２０１８年　５月　　よく晴れたどようびに

今橋　愛

■著者略歴

今橋 愛（いまはし・あい）

1976年大阪市生まれ、大阪在住。歌人。1児の母。
大学在学中に岡井隆の授業で現代短歌に触れ、23才で短歌をつくりはじめる。
2002年　北溟短歌賞受賞。
2003年　歌集『O脚の膝』（北溟社）を刊行。
2005年　同人誌〔sai〕を刊行。
2009年　未来短歌会入会、岡井隆に師事。
2016年　花山周子と短歌ブログ「主婦と兼業」をはじめる。
ほかの著書に『星か花を』（マイナビ）。共著に『いまドキ語訳越中万葉』（北日本新聞社）、『トリビュート百人一首』（幻戯書房）がある。
http://www.facebook.com/imahashi.ai.3

「現代歌人シリーズ」ホームページ　http://www.shintanka.com/gendai

現代歌人シリーズ23
としごのおやこ

二〇一八年七月四日　第一刷発行

著者　今橋 愛
発行者　田島 安江
発行所　株式会社 書肆侃侃房（しょしかんかんぼう）
〒八一〇・〇〇四一
福岡市中央区大名二 - 八 - 十八 - 五〇一
TEL：〇九二 - 七三五 - 二八〇二
FAX：〇九二 - 七三五 - 二七九二
http://www.kankanbou.com　info@kankanbou.com

DTP　黒木 留実（書肆侃侃房）
印刷・製本　アロー印刷株式会社

ISBN978-4-86385-324-9　C0092

現代歌人シリーズ

現代歌人シリーズ　四六判変形／並製

現代短歌とは何か。前衛短歌を継走するニューウェーブからポスト・ニューウェーブ、さらに、まだ名づけられていない世代まで、現代短歌は確かに生き続けている。彼らはいま、何を考え、どこに向かおうとしているのか……。このシリーズは、縁あって出会った現代歌人による「詩歌の未来」のための饗宴である。

1. 海、悲歌、夏の雫など	千葉 聡	144ページ／本体 1,900 円＋税／ISBN978-4-86385-178-8
2. 耳ふたひら	松村由利子	160ページ／本体 2,000 円＋税／ISBN978-4-86385-179-5
3. 念力ろまん	笹 公人	176ページ／本体 2,100 円＋税／ISBN978-4-86385-183-2
4. モーヴ色のあめふる	佐藤弓生	160ページ／本体 2,000 円＋税／ISBN978-4-86385-187-0
5. ビットとデシベル	フラワーしげる	176ページ／本体 2,100 円＋税／ISBN978-4-86385-190-0
6. 暮れてゆくバッハ	岡井 隆	176ページ（カラー16ページ）／本体 2,200 円＋税／ISBN978-4-86385-192-4
7. 光のひび	駒田晶子	144ページ／本体 1,900 円＋税／ISBN978-4-86385-204-4
8. 昼の夢の終わり	江戸 雪	160ページ／本体 2,000 円＋税／ISBN978-4-86385-205-1
9. 忘却のための試論 Un essai pour l'oubli	吉田隼人	144ページ／本体 1,900 円＋税／ISBN978-4-86385-207-5
10. かわいい海とかわいくない海 end.	瀬戸夏子	144ページ／本体 1,900 円＋税／ISBN978-4-86385-212-9
11. 雨《ふ》る	渡辺松男	176ページ／本体 2,100 円＋税／ISBN978-4-86385-218-1
12. きみを嫌いな奴はクズだよ	木下龍也	144ページ／本体 1,900 円＋税／ISBN978-4-86385-222-8
13. 山椒魚が飛んだ日	光森裕樹	144ページ／本体 1,900 円＋税／ISBN978-4-86385-245-7
14. 世界の終わり／始まり	倉阪鬼一郎	144ページ／本体 1,900 円＋税／ISBN978-4-86385-248-8
15. 恋人不死身説	谷川電話	144ページ／本体 1,900 円＋税／ISBN978-4-86385-259-4
16. 白猫倶楽部	紀野 恵	144ページ／本体 2,000 円＋税／ISBN978-4-86385-267-9
17. 眠れる海	野口あや子	168ページ／本体 2,200 円＋税／ISBN978-4-86385-276-1
18. 去年マリエンバートで	林 和清	144ページ／本体 1,900 円＋税／ISBN978-4-86385-282-2
19. ナイトフライト	伊波真人	144ページ／本体 1,900 円＋税／ISBN978-4-86385-293-8

20. はーはー姫が彼女の王子たちに出逢うまで

雪舟えま

この星で愛を知りたい僕たちをあなたに招き入れてください

四六判変形／並製／160ページ
本体 2,000 円＋税
ISBN978-4-86385-303-4

21. Confusion

加藤治郎

蜂蜜のような匂いにつつまれてあしたの雨のまんなかにいる

四六判変形／並製／144ページ
本体 1,800 円＋税
ISBN978-4-86385-314-0

22. カミーユ

大森静佳

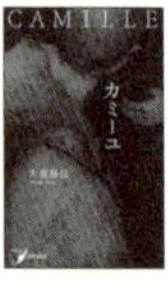

曇天に火照った胸をひらきつつ水鳥はゆくあなたの死後へ

四六判変形／並製／144ページ
本体 2,000 円＋税
ISBN978-4-86385-315-7

以下続刊